방황하는 이를 위한 짧은 소설

아주 작은 나무 이야기

이수 지음

삶의 두려움을 극복하려는 이에게

"삶의 두려움을 넘어설 때
우리는 성숙해지며,
뜻밖의 깨달음을 얻기도 합니다"

도서출판 청어

삶의 두려움을 넘기 위해
애쓰는 사람들에게
이 책을 바칩니다.

방황하는 이를 위한 짧은 소설

아주 작은
나무 이야기

차례

바람의 계절

무더운 여름이 거의 끝나갈 무렵,
들판에 벼들이 아직 푸릇푸릇할 때
비가 내리고 바람이 불었다.

바람은 명랑한 개구쟁이처럼
들판을 뛰어다니며
작은 연못에 동그라미를 그리거나
들장미 이파리를 날려버렸다.

시인이 사는 마을과 5리쯤 떨어진 사랑숲에도
바람이 불어왔다.
나무들은 서늘한 바람에 온몸을 내맡기고
춤을 추었다.
그들이 서로 부딪치며 내는 소리가
마치 바다의 파도 소리 같았다.
파도 소리와 함께
모래가 쓸리는 듯한 소리도 들려왔다.
솨아~~ 솨아~~
차르르~~ 차르르~~

가지와 이파리들이 뒤엉킨 채 휘청거릴 때마다
어린 나무들은 더러 긴장하기도 했다.
"조금만 참자."
"그래, 조금만 더 견디면 괜찮아질 거야."
나지막이 외치는 그들의 음성은 떨리는 듯했으나
희망찬 느낌이었다.

나무들은
삶에 익숙해지는 방법을 알고 있었다.
이 '익숙함'은 단지
습관에 물들어 살아가는 태도를
의미하지 않는다.

그것은 삶의 두려움을 수용하고
뛰어넘는 것에 대한 익숙함이다.

그들은 삶이 두려울 때
피하지 않고 받아들이며
묵묵히 살아내고 있었다.

살아낸다는 건 아름다운 일!
하루살이도
민들레도
묵묵히 살아내고 있다는…

사랑숲에는 여러 종류의 나무들이 있는데, 그중에 아름답게 늙은 하늘나무가 사색을 즐기며 서 있다.

'삶이란 베일에 가려진 것처럼 알 수가 없지. 때로 두렵기도 해. 그러나 내 마음은 설레고 있어…….'

그래서일까, 하늘나무의 우람한 몸채는 어깨춤이라도 추는 양 사뭇 경쾌하다.

그가 이런저런 생각에 젖어 있을 때, 저만치 아래에서 조그마한 소리가 들려온다.

"저어… 바람 때문에 내 몸이 몹시 흔들리는데 괜찮을까요?"

하늘나무가 내려다보니 파랑새나무가 바들바들 떨고 있는 게 보인다.

파랑새나무는 지난 봄에 태어난 어린 나무다. 그래서 가지가 유난히 앙상하고 키도 작은 편이다.

파랑새나무는 새를 좋아하는데 새 중에도 특히 노랑부리 파랑새를 좋아해서, 그의 친구들이 파랑새나무라고 이름 지어 주었다.

"걱정하지 마라. 너는 아직 어리지만 튼튼하단다. 게다가 큰 나무들이 보호하고 있으니 겁먹지 않아도 돼."

하늘나무가 다정한 목소리로 격려해준다.

"그, 그렇긴 한데 온종일 바람이 부니 정신없네요. 우리 모두 바람 때문에 하늘로 날아가 버리지 않을까요?"

"괜찮아. 힘들기는 하지만 중심을 잡고 잘 버티렴."

"네, 그런데 많이 겁나고 무섭기도 해요. 날씨가 여간 변덕스러운 게 아니에요."

"그래도 지나치게 걱정할 정도는 아니란다. 겁먹지 말고 내게 기대봐. 내가 바람을 막아 줄게. 너도 내년 즘이면 더욱 튼튼해져서 이 정도 바람은 즐기게 될 게다."

그제야 파랑새나무가 안도하며 하늘나무에 몸을 의지한다. 그의 따스함이 파랑새나무에게 기분 좋게 전해진다.

사랑숲의 생명들은
쉼 없이 태어나고
사라지기를 반복했다.

때로 두려운 시간도 많았다.
어느 날 갑자기 폭우가 쏟아져서
개미 떼가 급류에 떠내려가는가 하면
키 작은 들국화가
맥없이 굴러온 돌에 파묻히기도 했다.

사랑숲의 시간은 그렇게
흐르고 또 흘러갔다.
계절이 몇 번 바뀌고
해가 몇 번 바뀌고…….

나무들은 점점 키가 자랐다. 파랑새나무 역시 제법 커져서, 굳이 목청을 높이지 않아도 하늘나무와 대화할 수 있게 되었다.

산다는 것과 소멸된다는 건
함께 있는 것…
그것은 좋은 것도
나쁜 것도 아니라네

봄, 손님을 맞이하다

어느 이른 봄날, 아직 차가운 바람이 부는 아침에 시인이 찾아왔다.

겨우내 인적이 뜸하다가 모처럼 맞이한 손님이었다.

사랑숲은 여느 아침과 다르게 설렘으로 일렁이고 있다. 나무들이 가지를 비비며 웃어대고, 시인도 소녀처럼 해맑게 웃으며 화답한다.

"아, 여기는 언제나 정겹구나. 나무들도 몰라보게 자라고… 세월이 흐를수록 아름다워지다니."

시인이 이리저리 거닐며 나무들을 어루만진다. 그녀의 손길이 닿을 때마다 나무들이 다소곳이 인사한다.

하늘나무도 시인에게 반갑게 인사를 건넨다. 둘은 오래된 친구 사이였다. 시인이 어릴 때 하늘나무도 어렸고, 시인이 희끗희끗한 머리가 되었을 때 하늘나무도 의젓하게 나이 들어갔다.

"세월이 참…"

그녀가 하늘나무를 올려다보며 말을 잇는다.

"숨바꼭질하며 놀던 시절이 엊그제 같은데 어느새 해가 바뀌고. 나는 자꾸 나이가 들고."

시인의 말에 하늘나무가 위로의 마음으로 속삭인다.

'나이 들어도 슬픈 건 아니랍니다. 삶이 더 무르익는 거지요.'

"그래, 모든 건 변하기 마련이지. 잠시도 머무르는 법이 없어."

‘존재한다는 건 변해간다는 의미이기도 하니까요.’

“젊어서는 변해가는 걸 붙잡으려 애쓰기도 했지. 마치 모든 게 영원할 것처럼. 사랑도 우정도 영원하기를 바랐어.”

시인의 말에 하늘나무가 말없이 고개를 끄덕거린다. 마치 자신도 예전에 그랬다는 듯이.

시인이 하늘나무에 기대어 나지막이 노래 부른다.

그대 마음은 하늘을 닮아
닿을 듯 잡히지 않네~~
나의 마음은 구름을 닮아
하늘을 맴돌고 있네~~

시인의 노래가 바람을 타고 허공에 울려 퍼진다. 가냘프면서도 맑은 노랫소리가 하늘을 물들인다.

때마침 지나가던 다람쥐가 걸음을 멈추고 귀를 쫑긋거린다. 바쁘지만 한 소절이라도 듣고 가겠다는 표정이다. 시인의 노래가 마음에 드는지 가만히 앉아 눈을 감고 있다.

나무들은 시인의 시 낭송도 은근히 기대하고 있다. 그녀는 계절이 바뀔 때마다 찾아와 시를 낭송해 주곤 했다.

하늘나무가 엷은 미소를 지으며 마음의 귀를 기울인다. 다른 나무들도 설레는 모습이다.

시인의 자그마한 갈색 노트가 바람에 펄럭인다. 시인이 목소리를 가다듬고 노트를 펼쳐 든다. 그녀의 목소리가 소녀처럼 떨리는 듯해서 사랑스럽다.

봄, 마중

잠시 하던 일 미루고
봄맞이하러 가야겠어요
사뿐히 비단 신 신고
걸음도 가볍게 멀리 나가렵니다.

아직 대지는 얼어 있고
그늘진 곳에 잔설이 차갑지만

봄 아가씨 저 멀리 어디에선가
푸른 치맛자락 그리운 것은

이제 한바탕 봄 아가씨 콧노래가
온 세상을 춤추게 하리니

꽁꽁 언 가슴 깊숙이
아프고 고단했던 과거일 일랑
봄 아가씨 콧노래에 날려 버리고

조심조심 민들레 개나리 올 적에
내 청춘도 다시 올 거라…
엄마 손잡고 소풍 가던 날처럼
내 마음에 봄이 올 거라.

그녀의 시가 음악처럼 숲속 가득 퍼져 나간다. 뺨을 스치는 상큼한 바람과 함께 시의 운율이 파동 치고 있다.

나무들은 시 한 편이 낭송될 때마다 아낌없이 박수치며 시인을 응원한다.

시인도 나무들의 마음을 아는 듯 살포시 미소 짓는다.

시인이 눈을 감은 채 사색에 잠긴다. 하늘나무도 조용히 눈을 감는다. 그는 시인과 함께 사색하는 것을 좋아한다. 그것은 마치 오래된 의식처럼 자연스럽다.

고요한 침묵 속에 오가는 마음과 마음
바람도 잠시 나뭇가지에 걸터앉는 순간,

그렇게, 얼마나 시간이 흘렀을까…….

시인이 떠나고 나자 파랑새나무가 왠지 신이 나서 말했다.

"아, 정말 멋진 분이에요. 목소리도 아름답고… 그렇죠?"

"아무렴! 마음씨가 고운 분이지."

"우리가 세상에 맑은 공기를 내어주는 건 잘하는 일이에요. 오늘 시인의 모습을 보니 더욱 그런 생각이 들어요."

하늘나무도 뿌듯한 표정으로 대꾸한다.

"나도 그렇게 생각한단다. 시인처럼 따스한 마음으로 살아가는 사람들이 많이 있으니까. 그들은 우리와 마음으로 통하고 있지."

"그런가 봐요."

"물론 다 그런 건 아니야. 어떤 사람은 마음이 메말라서 우리 곁에 가까이 와도 마음을 열지 않아."

"왜요? 왜 그럴까요?"

파랑새나무가 궁금하다는 듯 고개를 갸웃거린다.

"언제부턴가 어리석은 사람들이 욕망에 사로잡혀서 순수함을 잃었기 때문이지. 지나치게 이기적이고, 남보다 더 가지려고 욕심부리고."

"어째서 그렇죠?"

"글쎄, 여러 이유가 있지만 순수한 마음을 외면한 게 원인이지 싶어. 눈에 보이는 화려함에 빠지면서 그럴듯한 치장에 욕심을 부리거든. 그러면서 서로 비교하고 미워하고."

하늘나무는 오래 살아온 나무답게 세상에 대해 이것저것 알고 있었다. 특히 시인과 대화를 나누며 지혜의 안목을 키웠기에 세상이 어떻게 돌아가는지 꿰뚫어 보고 있었다.

하늘나무 음성이 다소 무거워지는 바람에 파랑새나무도 잠시 생각에 잠긴다. 그는 사람들이 욕망 속에서 허우적거리는 게 선뜻 이해되지 않는다.

'욕심 많은 사람들이 땅이나 집을 탐낸다고? 그건… 먹을 수도 없는 건데 왜 그럴까. 게다가 아주 많은 옷과 보석을 가지려 하다니 이해할 수 없어. 많은 게 짓누르면 힘들 텐데. 나도 이파리가 많아지면 적당히 솎아내는데 말이야.'

고개를 갸우뚱하며 생각에 잠긴 파랑새나무를 바라보며, 하늘나무가 혼잣말처럼 중얼거린다.

"누구나 한 번쯤 욕망 때문에 눈이 멀기도 하지. 특히나 젊은 시절엔 욕망을 초월하기 어려운 거야."

"??"

"파랑새나무야, 어쩌면 네 게도 그런 욕망이 찾아올지 모르겠구나. 거대한 바다의 파도 같은 욕망이……."

하지만 파랑새나무는 그 말을 별로 귀담아듣지 않는다. 그는 아직은 자기 곁을 맴도는 작은 곤충이 신기하고 따스한 햇살이 좋을 뿐이다.

성난 파도의 시절

봄이 무르익으면서 숲속은 한층 소란스러워지고 파랑새나무도 부쩍 자랐다. 그의 몸집이 커지자 하늘나무와의 간격이 좁아지면서 서로의 가지가 자주 닿게 되었다. 파랑새나무는 하늘나무가 자신이 크는 걸 방해하는 것 같아서 신경이 쓰였다.

칡덩굴이 몸을 칭칭 감는 것도 기분 나빴다. 아무리 떨쳐내려 해도 뜻대로 되지 않았다. 어느 때는 덩굴이 강하게 휘감는 바람에 숨이 막힐 지경이었다.

어느 날부터인가 파랑새나무는 자신도 모르게 마음을 닫고 있었다. 그것은 아주 사소한 생각 하나가 발단이 되었다.

약 보름 전 무렵, 파랑새나무는 하늘나무의 늠름한 자태를 보며 자신도 그렇게 되고 싶다고 생각했다. 그것은 많은 존경을 받는 하늘나무를 볼 때 누구나 들 법한 생각이었다. 그런데 어느 순간 파랑새나무는 자신을 하늘나무와 비교하고 말았다.

파랑새나무는 자신이 이 숲에서 가장 멋진 나무가 되고 싶다는 욕망을 갖게 되었다. 그는 충분히 그럴 만한 나무이기도 했다. 그의 가지는 튼튼했고 잎들도 무성하게 잘 자라고 있었으므로.

그의 친한 벗인 노랑부리 파랑새도 그의 가지에 앉을 때마다 칭찬해주곤 했다.

"와우~ 정말 너는 튼튼하고 멋져! 일주일 전보다 훨씬 굵어지고 생동감이 느껴지거든."

"그래? 고마워. 아마 앞으로 더 근사해질 거야. 두고 봐!"

"물론이지. 내가 응원해 줄게. 넌 틀림없이 하늘나무님처럼 훌륭해질 거야."

파랑새나무는 흥분을 감추고 어깨를 으쓱했다. 그러나 잠시뿐이었다. 그는 속으로 뭔가 불편함을 느끼고 있었다. 그것은 자신이 결코 하늘나무를 뛰어넘지 못할 거라는 열등감 때문이었다.

그는 아무리 해도 하늘나무보다 부족한 게 많다는 생각을 떨쳐낼 수 없었다. 하늘나무의 배려하는 마음씨라든가, 깊은 밤에 사색하는 모습은 흉내내기가 쉽지 않았다.

하늘나무는 평소에도 사랑숲의 나무들이 존경하고 있었다. 그는 늘 겸손하면서도 당당함을 잃지 않으려 노력했고, 역경이 닥치면 최선을 다해 돌파하는 굳건한 의지를 갖고 있었다.

'물론 하늘나무님이 훌륭한 건 인정해. 하지만 나도 이만하면 꽤 근사하지 않아? 아마 이 숲에서 열 번째 안에는 들 거야. 만약에 하늘나무님이 없다면? 뭐, 그럴 일은 없겠지만.'

파랑새나무는 묘한 열등감과 질투심으로 마음이 요동치는 걸 느꼈다.

그의 마음이 요동치는 만큼
이상하게 마음이 닫히고 있었다.
자신도 모르게 조금씩…….

하늘나무가 다소 염려스러운 마음으로 다가갔으나 파랑새나무는 예전 같지 않았다.

'두고 봐. 내가 가장 멋진 나무가 될 테니까. 그러면 아마 시인이 나를 제일 좋아하겠지? 그런데 이놈의 칡덩굴이 나를 힘들게 한단 말이야. 게다가 하늘나무님도 너무 커서 나를 그늘지게 하거든. 그래서 내가 햇빛을 받는 데 지장을 주고 있다고!'

그는 공연히 화가 나서 멀찍이 서 있는 별가시나무조차 못마땅하게 생각했다.

'저 가시나무는 왜 존재하는지 모르겠어. 뭐, 가시가 별처럼 예쁘다고? 내 생각에 그따위 나무들은 없어도 된다고 봐. 너무 볼품없이 생긴걸.'

파랑새나무의 차가운 눈초리는 별가시나무 마음을 아프게 했다. 별가시나무는 파랑새나무가 갓 태어날 무렵, 그를 지켜 주기 위해 무척이나 애를 썼던 터였다.

별가시나무는 어린 나무 새순을 좋아하는 산짐승을 막기 위해 오래전부터 여기 살아왔다. 사랑숲이 이만큼 풍요로워진 배경에는 별가시나무 가족의 노력이 한몫했다.

만일 별가시나무가 없었다면 오늘날의 파랑새나무도 존재하기 어려웠으리라. 설령 살아남았다 해도 이만큼 풍성하게 자라기란 쉽지 않았다. 그런 줄도 모르고 파랑새나무는 이것저것 불만을 삼고 투덜거렸다.

심지어 어느 날은 노랑부리 파랑새가 둥지를 틀기 위해 왔다가 낙심해서 떠나버리는 일도 생겼다.

파랑새나무는 불과 두 달 전만 해도 노랑부리 파랑새에게 함께 살자고 약속한 터였다. 자신이 좀 더 커지게 되면 그에게 집을 지으라고 했던 것이다. 그런데 이제 와서 언제 그랬냐는 듯 귀찮은 표정이었다.

파랑새나무는 집을 지으러 찾아온 친구에게 퉁명스레 말했다.

"네가 집을 지으면 내 가지가 부러질지도 모르겠어. 그러니 다른 나무에 가도록 해."

"그럴 염려는 없어. 걱정하지 마. 널 힘들게 하지 않을 거야."

"그래도 싫어! 네 집을 감당할 만큼 튼튼하질 않다니까. 설령 당장은 괜찮을지 몰라도 새끼를 낳고 그 애들이 크면… 아, 더는 상상도 하고 싶지 않아."

퉁명스런 그의 말에 노랑부리 파랑새는 슬픈 목소리로 울며 날아가 버렸다. 파랑새에게 있어서 그와의 약속은 무척이나 소중한 거였다. 무엇보다 그들은 서로 의지하며 지내기로 다짐한 사이가 아니던가.

이제 노랑부리 파랑새는 더 이상 노래하고 싶지 않았다. 집 짓는 걸 떠나서 친구를 잃게 된 것이 슬펐기 때문이었다.

화창한 계절이 되어 사랑숲은 초록빛이 짙어지고 새순이 새록새록 자라났지만, 알 수 없는 적막감이 흐르고 있었다. 그것은 마치 한겨울 짙은 안개처럼 차갑고 무거운 느낌이었다.

파랑새나무 마음은 갈등으로 인해 더욱 들끓고 있었다. 그는 밤이 되어도 잠 못 이루고 생각의 소용돌이 속에서 허우적거렸다.

'잘나고 싶은 건 당연한 거야. 누구나 그럴 테니까…'

'그래도 주변 관계가 좋아야 하는데 내가 너무 이기적인 건 아닐까? 하늘나무님 하고도 잘 지내면 좋을 텐데.'

'하지만 내가 잘못한 게 없잖아. 오히려 하늘나무님 때문에 햇빛을 덜 받는 내가 억울한 거라고! 다른 쪽으로도 얼마든지 가지를 뻗을 수 있는데 말이야. 혹시 나를 미워하는 걸까?'

이러쿵저러쿵 생각을 꿰맞추는 파랑새나무 때문에 하늘나무는 속이 상했다. 그러나 아무리 이야기 해줘도 소용없었다.

그들이 통할 수 있는 유일한 방법은 '마음'이었다. 그것도 얄팍한 겉마음이 아니라 깊은 마음이었다. 깊고 진실한 마음이 무엇보다 중요했다.

파랑새나무는 자신의 정체성을 상실해가고 있었다. 그에 따라 소중한 사명도 잊어버리고 말았다.

애초에 나무들 사명은 '사랑 동화 작용'이었다. 사랑 동화 작용은 나무들이 할 수 있는 고귀한 사명이기도 했다.

사랑 동화 작용이란 세상에 오염된 공기를 정화해서 맑은 공기로 내어주는 작용이다. 어디 그뿐인가. 미움을 받아들여서 사랑으로 내어주고, 슬픔을 받아들여서 기쁨으로 되돌려주는 게 그들의 사명이다. 그러나 파랑새나무는 마음을 닫는 순간부터 많은 걸 놓치고 말았다.

마음을 열면
모든 존재와 통할 수 있지만
마음을 닫으면
자기 자신과도 통할 수 없다.

자꾸만 달아나는 마음

어느 날, 오랜만에 산책을 나온 시인이 적막한 숲에 다다르자 발걸음을 멈칫했다. 왠지 모르게 마음이 무거운 느낌이어서 발걸음이 쉽게 떼어지지 않는다.

시인을 기다리던 나무들이 한숨을 내쉬며 겨우 인사를 건넨다. 반가운 손님이 왔음에도 무거운 표정을 감출 수 없다.

"어째서 다들 수척한 모습일까. 비가 안 와서 그런가? 하늘나무도 왠지 풀이 죽어 있네."

시인이 하늘나무를 쓰다듬어주며 벌레 먹은 잎을 떼어준다.

“참 이상하구나. 평소엔 새소리가 많이 들렸는데 이토록 조용하다니.”

나무들은 시인의 눈빛이 반짝이는 걸 놓치지 않는다.

“저 아래 동네에는 아기 새들이 재재거리고 있었어. 녀석들은 마치 풀피리를 부는 것처럼 가녀린 소리를 내고 있었지. 아기 새는 처음 부르는 노래가 즐거웠나 봐.”

나무들은 아래 동네 어딘가 있을 작은 새를 상상해 본다. 이 우주에 막 도착한 생명을.

파랑새나무는 시인의 말을 못 들은 척 딴청 부린다. 하지만 왠지 마음이 불편하다.

'내 친구 노랑부리 파랑새가 다른 곳에서 새끼를 낳은 모양이야.'

그런 생각이 들자 갑자기 가슴 밑바닥까지 먹먹해지는 느낌이다. 날마다 여기 와서 명랑하게 재잘거리던 친구가 아닌가.

'아무리 그래도 놀러 오지 않다니… 아기 새가 참 귀여울 텐데.'

파랑새나무는 갓 태어난 아기 새의 말랑말랑한 부리를 생각해 본다. 아직 여물지 않은 부리를.

그의 마음을 읽은 듯, 발걸음을 옮기던 시인의 눈길이 파랑새나무에 머무른다.

"너는 잘 자라다가 그만 병이 들고 말았구나. 가지도 많이 상했고."

시인이 파랑새나무를 어루만지자 그만 고개를 숙이고 만다. 마음이 심하게 흔들리는 순간이다. 그것은 슬픔보다 오히려 설렘 같은 느낌이어서 파랑새나무도 놀라고 있다.

시인은 파랑새나무가 갈등 속에 있다는 걸 느낀다. 내막은 알 수 없지만 마음으로 전해지는 게 있다.

"그래, 한창 자랄 시기에는 겪어야 할 게 많지. 뭐가 뭔지 몰라서 당황하고 불쑥불쑥 튀어나오는 감정 때문에 갈등하고…"

시인이 풀 죽어 있는 파랑새나무를 보며 생각에 잠긴다. 그녀의 방황하던 젊은 날이 희미하게 떠오른다. 그녀에게도 캄캄한 동굴 속에 갇힌 것처럼 암울한 시절이 있었다.

젊은 날,
산다는 건 고통이었을까.
산다는 건 두려운 것이었을까?

아마도 그랬나 보다.
젊은 날에는 자주 그랬다.
많이 아프고, 두려웠다.
산다는 게…

시인이 한창 젊을 때, 그녀는 욕망에 허덕이며 무언가 찾아 헤맸다. 어딘 가에 행복이 있을 거라고, 어딘가에 참사랑이 있을 거라고. 잡힐 듯 잡히지 않는 것들을 찾아 미친 듯이 헤매 다녔다.

그러다 어느 날 단짝이던 친구가 멀리 떠나고, 사랑하던 남자도 만날 수 없게 되었다. 미래는 점점 불확실하게 다가왔고 아무것도 손에 잡히지 않는 느낌이었다.

시인은 밤늦게까지 불을 켜고 책을 읽었다. 시를 쓰고 소설을 끄적거리기도 했다. 그러면서 스스로에게 물었다.

'어째서 살아야 하는가'라고.

'왜 살아야 하는가'라고.

그러나 인생의 답은 알 수 없었고, 생각은 밤마다 거미줄처럼 이어지며 뒤엉키곤 했다.

그 일이 일어나지 않았더라면 괜찮았을까.

그 사람이 그 말을 하지 않았더라면 난 견딜 수 있었을까.

내가 조금만 참았더라면 다 지나가지 않았을까.

모든 일이 내가 바보 같아서 생긴 게 아닌가.

난 왜 여기 이렇게 있는 걸까?

그런 생각들…….

그러던 어느 여름날, 그녀는 문득 사라지고 싶다는 생각을 했다. 그냥 눈을 감은 채로 사라지고 싶었다. 털끝 하나도 존재하고 싶지 않았다. 그래서 무작정 밖으로 달려나갔다. 사람 많은 도시의 후텁지근한 공기를 가르며 세상 끝까지 갈 것처럼 달렸다.

뛰고, 걷고, 다시 뛰고
기차를 타고, 버스를 타고
다시 걷고 뛰고.
왜 살아야 하나 하면서…

그렇게 꿈속을 헤매듯 지칠 대로 지쳐서 찾아온 곳이 사랑숲이었다. 삶에 지치고 사람에 지쳐서 찾아왔던 곳! 어린 시절 추억이 남아 있는 곳이었다. 어린 시절에 할아버지와 나무를 심고 숨바꼭질하던 곳이 여기였다.

빛바랜 흑백 사진처럼 희미하게 남아 있던 사랑숲!

한때 걷잡을 수 없는 욕망 때문에 뒤도 안 돌아보고 떠났는데 다시 찾아오다니… 욕망이 끓어 넘치는 화려한 도시에서 대체 무엇을 얻고 싶었던 걸까.

그녀는 지친 채 잠이 들었다. 깊은 잠으로 들어가며, 그제야 마음이 조금씩 풀어지는 걸 느꼈다. 그것은 마치 흐르는 강물에 비단 천을 던져 놓은 듯했다. 유유히 흐르는 강물에 춤추듯 따라 흐르는 비단처럼 마음이 풀어지며 흐르고 있었다.

얼마나 잠들어 있었을까. 깊고 달콤한 잠에서 깨어나 보니 나뭇잎 사이로 한 조각 푸른 하늘이 보였다. 그리고 하늘나무가 따스하게 미소 짓고 있었다.

'살아가다 보면 누구나 힘든 과정을 겪는답니다. 그러니 괜찮아요. 괜찮고 말고요.'

하늘나무가 그렇게 위로하고 있었다.

그때 그녀는 스스로 다짐했다.

'다시 가보자! 조금만 더, 조금 더 살아보자꾸나…….'

눈물이 흐르는데 마음은 한결 가벼운 느낌이었다.

젊음은 찬란했으나 두려움 투성이였고
인생은 빠르게 흘러갔다.
그리고 나이 들어갈수록
아무것도 붙잡을 수 없음을 깨달았다.
사랑도 욕망도.

'삶은 언제나 내가 우뚝 서기를 바라고 있었지.'

모든 것,

모든 곳,

모든 때에 숨겨져 있는

삶의 보석을 발견할 수 있기를!

삶의 진실을 느낄 수 있기를.

시인이 파랑새나무에게 다정히 말을 건넨다.

"파랑새나무야, 많이 힘들었구나. 그렇지? 마음도 무겁고."

'네. 마음이 무거워서 온몸을 짓누르는 느낌이에요.'

"그래, 마음이란 가벼울 때는 새의 깃털처럼 가볍다가도, 무거워지기 시작하면 천하장사가 일으키려 해도 일으킬 수 없지."

'내가 어떻게 할 수 없어요. 내 힘으로 불가능해요.'

절망스런 파랑새나무의 말에 시인이 달래듯 말한다.

"그런데 꼭 그렇지만은 않아."

'…….'

"다시 생각해 보렴."

'글쎄요.'

"나도 그런 때가 있었어. 아주 젊은 시절에, 철없던 시절에 많이 방황했지. 그러면서 내 마음을 어찌할 수 없어서 괴로웠어."

'…….'

"뭐가 그리 힘든 게 많았던지, 아주 사소한 일에도 가슴이 철렁하곤 했어. 마음이 쉴 새 없이 요동쳤던 거야."

'마음이 자꾸 갈팡질팡해요. 어찌해야 할지 모르겠어요.'

시인이 잠시 머뭇거리더니 조심스레 말을 건넨다.

"그런데 네 마음을 잘 들여다보렴. 그러면 조금 다른 느낌의 마음도 있을 거야. 뭐랄까, 좀 더 따스한 마음?"

'따스한 마음…….'

"따스하고 밝은 마음이 있어. 그건 마치 봄날에 아지랑이가 피어오르듯이 설레고 기쁜 마음이야. 따스하고 밝고 보드라운 마음이 있단다."

'…….'

"그 마음을 한번 일으켜 보렴."

'마음을 일으키라고요? 어떻게요? 그게 가능해요?'

"한번 시도해 봐. 처음부터 잘 되진 않겠지만, 마음이 따스해지면 한결 견디기가 쉽단다. 사는 게 힘들 때 꼭 해볼 만한 일이지."

'흥…….'

"물론 지금은 마음이 무거워서 아무것도 하고 싶지 않고 어떤 말도 듣고 싶지 않을 거야. 그런데 네 마음은, 마음 전체가 무거운 건 아니란다."

'?'

"네 마음 한편에는 따스하고 밝은 마음도 있어."

'글쎄요.'

파랑새나무가 굳은 표정으로 도리질한다. 시인의 말을 이해하기 어렵다는 표정이다.

둘 사이에 꽤나 긴 침묵이 흐른다. 시인은 어떻게든 파랑새나무를 설득하려고 애쓰고 있다.

"가만히 깊은 마음을 느껴봐."

'잘 모르겠어요…….'

"좀 더 깊은 마음에 다가가면 느낄 수 있어. 거기에 밝은 마음이 기다리고 있거든. 무겁고 어두운 마음 대신에, 가볍고 밝은 마음이 속삭이는 소리를 들어 보렴. 그리고 그 마음을 일으켜 보는 거야."

파랑새나무가 깊은 마음이라는 말에 살짝 놀라는 모습이다. 그 역시 뭔가 짚이는 게 있어 보인다.

실은 파랑새나무도 그런 생각을 안 한 건 아니었다. 어쩌면 시인의 말대로 잘할 수 있을 거 같기도 하다. 그런데 지금은 아무것도 하고 싶지가 않다. 아무것도. 왜 그럴까. 파랑새나무가 생각해도 답답할 지경이다.

시인이 그의 마음을 눈치챈 듯 말한다.

"때로는 좋은 것도 하기 싫은 경우가 있어… 좋은 충고가 듣기 싫어서 엇나가기도 하지."

'…….'

"한데 그럴 때야말로 마음을 일으켜서 해보는 게 중요하단다."

그러나 파랑새나무는 아무런 대꾸가 없다. 그는 끝내 시인의 충고를 거부한다. 그러면서 한편으로 자기 마음이 자꾸 달아나는 것처럼 느끼고 있다. 아무리 봐도 내 마음 같지 않다는 생각이다.

사랑을 배우다

바람이 심상치 않게 불어오고 있었다.

폭풍우의 계절이었다.

짙은 회색 구름이 미친 말처럼 하늘을 달리고 있었다. 그러고는 높은 산봉우리마저 서서히 삼키고 있었다. 그것은 마치 회색 물감이 퍼지면서 초록 세계가 사라지는 것 같기도 했다.

사랑숲은 팽팽한 긴장감으로 몹시 스산해 보였다. 개미들이 떼를 지어 이동하고, 올빼미도 봄에 지은 집을 손보느라 바쁘게 움직였다. 사랑숲의 생명들은 앞날에 대해 두려움을 느끼면서도 어떻게든 두려움을 극복하려 애쓰고 있었다.

바람이 세차게 불 때마다 나무들이 휘청거렸다. 여기저기 나뭇가지가 부러져서 땅에 나동그라졌다. 어떤 소나무는 바위틈에서 자라다가 통째로 떨어져 나가버렸다.

하늘나무가 사랑숲의 나무들에게 큰 소리로 말했다.

"우리 모두 이 시간을 잘 견뎌야 합니다. 가능하면 서로를 보호하면서 유연하게 서 있도록 노력해야 해요! 특히 어린 나무들이 쓰러지지 않도록 애써주면 좋겠어요."

"그래요!" "그럽시다!"

오래된 나무들이 그의 말에 흔쾌히 동의하고 있었다.

하늘나무는 자신을 휘청이게 하는 바람이 두려우면서도 용기를 일으켜 소리쳤다.

"약간의 두려움이 일긴 하지만… 이 두려움을 넘어서야 합니다. 서로를 격려하며 견디는 게 필요해요. 견뎌야 해요! 어떤 상황이 와도 최선을 다합시다. 설령 안 좋은 일이 벌어져도…"

그의 목소리가 살짝 떨리고 있었다.

파랑새나무 역시 정신을 차리려고 애썼으나, 온몸이 폭우로 휘어질 때마다 두려움으로 몸서리쳤다. 그는 자신도 모르게 시인이 해 준 말을 되뇌고 있었다.

'자꾸 마음을 일으켜야 해! 마음을 밝게 가질 필요가 있어. 될 때까지 몇 번이라도 시도해야 해.'

그러나 쉽지 않았다. 현실은 냉혹했고 두려움은 점점 커져만 갔다.

날씨는 끊임없이 변덕을 부리며 강풍에 우박까지 쏟아부었다. 숲은 대낮에도 밤처럼 어두워서 한 치 앞이 보이지 않을 만큼 캄캄했다. 나무들은 어둠 속에서 덜덜 떨며 밤송이만 한 우박 세례를 맞아야 했다.

평소에 여유롭게 흐르던 계곡물이 며칠째 내린 비로 강물처럼 불어나자, 숲 전체가 흙탕물에 잠기고 바위들이 마구 굴러내렸다.

산꼭대기에 있는 나무들은 벼락을 맞아 순식간에 갈라지면서 타 버리기도 했다. 맥없이 쓰러지는 나무들이 적지 않았다. 나무 하나가 쓰러지면 가까이 있는 다른 나무들까지 덩달아 쓰러져 버렸다.

곳곳에 뿌리째 뽑힌 나무가 뒤엉키는가 하면, 보라색 초롱꽃과 노란 달맞이꽃이 우박에 짓이겨졌다. 초롱꽃 속에 쉬고 있던 무당벌레도 더 이상 편히 쉴 곳이 없었다.

파랑새나무는 두려워서 삶을 포기하고 싶었다. 마음은 뜻대로 일으켜지지 않았고, 두려움은 시간이 갈수록 커지기만 했다.

'더 이상 견딜 수가 없어…….'

파랑새나무의 굵은 가지가 꽤 많이 부러지고 잎들이 너덜너덜해져 있었다. 그나마 굴러온 바위에 부서지지 않은 게 천만다행이었다.

그건 오로지 하늘나무 덕분이었다.

하늘나무는 계곡이 범람하면서 갑작스레 굴러온 바위에 발등을 찧은 상태였다. 만일 하늘나무가 없었다면 그 바위는 고스란히 파랑새나무를 덮치고 말았을 것이다.

파랑새나무는 바위가 굴러오는 순간, 큰 소리로 비명을 지르다가 그만 입을 다물고 말았다. 자신을 향해 굴러오는 바위를 하늘나무가 용케 가로막았기 때문이었다.

그것은 정말 눈 깜짝할 사이에 벌어진 일이었다.

'휴… 산다는 건 두려운 일이야. 언제 어떤 일이 벌어질지 모르거든.'

하늘나무는 커다란 바위를 선물마냥 끌어안은 채 버티고 있다. 실은 땅 위로 드러난 뿌리가 바위를 에워싸고 있는데, 이미 몇 가닥의 뿌리가 견디지 못하고 끊어진 상태다.

워낙 순식간에 벌어진 일이라 하늘나무 자신도 뭐가 뭔지 정신을 차릴 수 없다. 다만 그는 직감적으로 사태를 수습하려 할 뿐이다.

'다행스럽긴 한데… 좀 심각하군. 통증도 느껴지고.'

하늘나무는 가까스로 고통을 참으며 평정심을 되찾으려 애쓰고 있다. 그런 그를 바라보는 파랑새나무 마음이 아파온다.

'나 때문에…….'

그의 마음을 감지한 하늘나무가 조심스레 말을 건넨다.

"이 두려움의 시간을 견디고 나면 너는 지금보다 훨씬 멋진 나무가 될 게다. 그러니 좀 더 마음을 일으켜 보렴."

파랑새나무는 그의 충고가 고마우면서도 선뜻 대답할 수가 없다. 마음을 일으키려 하는 만큼, 그에 대한 애틋함과 미안함이 자꾸 머뭇거리게 만들었다.

하늘나무는 말없이 서 있는 파랑새나무를 보며 자신의 젊은 시절을 떠올려 본다. 그에게도 성난 파도 같던 시절이 있었다.

'누구라도 젊을 땐 방황하기 마련이지. 삶이 안개 속을 걷는 것처럼 두려우니까. 하루하루가 캄캄하기만 했어…'

그는 철없던 시절에 삶을 포기하고 싶다는 유혹을 여러 번 느끼기도 했다. 그러다 어느 해 겨울, 그는 하나의 작은 깨달음을 얻었다.

'그해 겨울은 무시무시했지. 세상이 끝나버릴 것처럼 위태로웠으니까. 아마 지금의 파랑새나무 정도 나이였을 거야.'

그 겨울의 폭설은 백 년에 한 번 있을까 말까 할 정도로 어마어마한 규모였다. 그때 하늘나무는 어렸기에 2미터 넘게 쌓인 눈 속에 서 있기가 힘들었다.

눈은 한겨울 내내 내렸다. 사나흘씩 내리다가 조금 녹는가 싶으면 그 위에 다시 엄청난 양이 내리고, 차가운 바람이 휘몰아치면 쌓인 눈이 얼어서 한층 무겁게 짓누르곤 했다. 그럴 때마다 나무들이 쓰러지거나 가지가 갈라지면서 내는 소리가 적막한 숲에 퍼져 나갔다.

하늘나무는 두려움을 떨치기 위해 무엇이라도 해야겠다고 생각했다.

'어쩌면 모든 게 끝날지 모르는데… 그렇다면 무엇을 해야 하지?'

그는 실낱같은 희망이라도 필요했다.

'아주 작은 의미라도 있으면 버티겠다고 생각했어.'

혹독한 시련은 무서웠으나 한편으로 깨어 있기를 요구하는 듯했다. 도망가지 말라고, 죽음이 닥칠지라도 굴복하지 말라고 얘기하고 있었다.

그러다가 어느 순간, 마음 깊은 곳에서 가냘픈 희망의 소리를 들었다.

엄청난 폭설과 칼바람 속에서
버틸 때까지 버티며 들었던 생각은
어쩌면 희망 그 이상이 아니었을까.

희망에 대하여

"파랑새나무야~~"

뜻밖에도 하늘나무가 파랑새나무를 부른다. 그 소리는 우렁차면서도 따사롭다.

"하늘나무님…"

파랑새나무가 조심스레 마음의 빗장을 열고 있다. 그는 더 이상 망설일 수 없었다.

"하늘나무님, 괜찮은가요? 많이 다친 것 같은데요. 우린 어떻게 되죠? 내가 어떻게 해야 하나요."

그가 초췌해진 모습으로 하늘나무를 바라본다. 그의 진심 어린 말에 하늘나무는 물론이고 다른 나무들까지 안도의 한숨을 내쉰다. 그것은 폭풍우가 지나갔기 때문이기도 하지만, 무엇보다 파랑새나무가 마음을 열었기 때문이다.

"이제 다들 괜찮아질 거야. 모두 한고비 넘겼거든. 비록 상처들이 생겼지만 그것도 시간이 지나면 아물게 된단다."

하늘나무가 반가운 마음에 짐짓 밝게 대답한다.

"아, 너무 힘들었어요. 힘들고 두려워서 숨이 멎는 줄 알았어요…"

"우리 모두 잘 견뎌낸 거야. 그러니 우선 자신을 위로해 주렴. 많이 수고했다고 위로해 줘. 그리고 서로서로 격려도 하자구나."

하늘나무가 사랑숲의 나무들은 물론 곤충이며 작은 들꽃에게까지 위로의 마음을 보낸다. 파랑새나무도 마음을 일으키려 애쓰고 있다. 그의 마음이 열리면서 무거운 마음이 조금씩 가벼워지기 시작했다.

하늘나무는 의연하게 현실을 받아들이고 있다. 그는 발등에 놓인 바위가 파랑새나무에게 구르지 않도록 상처 난 뿌리로 바위를 붙들고 있다. 물론 약간의 갈등이 없지는 않다.

'내가 조금만 힘을 늦춰도 바위가 굴러 내릴 거야. 그러면 파랑새나무에게 치명적인 일이 벌어지겠지… 나는 괜찮을지 몰라도.'

그는 의식이 흐릿해질 때마다 더 힘을 내어 파랑새나무를 보호하려고 안간힘을 써본다.

하늘나무는 점점 몸을 지탱하기 힘들다는 걸 느꼈다.

그는 지금까지의 삶을 정리해야 했다. 그리고 그게 어떤 모습이든지 흔쾌히 받아들여야 한다고 생각했다.

'오래전에 지혜나무님도 그랬지. 삶이란 두려움투성이지만 그걸 통해 겸허함을 배울 수 있다고. 삶의 모든 것을 겸허하게 받아들이면 마침내 진실의 세계에 닿을 수 있다고.'

그는 가물거리는 기억 속에서 지혜나무님의 조언을 떠올리려고 애썼다.

한때 그는 삶이 힘들다는 이유로 혼란에 빠진 적이 있었다. 산다는 게 힘든 정도가 아니라 도무지 알 수 없어서 혼란스러웠다.

그는 날마다 멍하니 서 있는 것 자체가 받아들이기 힘들었다. 모든 것이 쓸모없는 짓 같았다.

'모든 것을 무의미하다고 해석하느라 바빴지. 그도 그럴 것이 가뭄이 들면 목이 타서 미칠 지경이고, 홍수가 나면 뿌리가 상하는 바람에 서 있는 것조차 힘들었거든. 그래서 사는 게 무의미하다고 생각했어.'

하늘나무가 아직 튼실하지 못하고 겨우 키만 자라고 있을 때, 그는 자주 그런 생각에 휘말렸다.

그를 일깨워준 건 너그러운 지혜나무였다.

지혜나무는 하늘나무의 할머니뻘 되는 나무로, 오백 년 가까운 세월을 살다가 어느 늦가을에 삶을 정리하고, 스스로 서 있기를 끝마친 나무였다.

지혜나무는 오래전 이 숲을 떠났지만, 그의 가르침은 하늘나무가 철이 들 무렵부터 오늘날까지 생생하게 살아있었다.

어느 날 지혜나무는 방황하는 하늘나무에게 조심스레 말을 건넸다.

“얘야, 삶이 힘들기는 해도 마냥 무의미한 것만은 아니란다.”

지혜나무의 말이 바람을 타고 하늘나무에게 전달되었을 때, 하늘나무는 시큰둥한 표정으로 그 말을 가벼이 여겼다. 그는 속으로 지혜나무의 말을 따분하게 느꼈다.

“아니, 그렇다고 특별히 재미있는 것도 없잖아요. 차라리 개미나 풍뎅이처럼 돌아다니기라도 하면 좋겠어요. 이건 도무지 따분해서 견딜 수가 없다니까요.”

지혜나무는 하늘나무 마음을 읽었지만 내색하지 않고 말을 이었다.

“우리는 너나 할 것 없이 이곳에 태어난 이유를 갖고 있단다. 아무렴! 그래서 새처럼 날지 않아도 자유로운 거야. 네가 너답게 존재한다면 말이지.”

하늘나무는 그의 말이 가슴에 와닿지 않았다. 그래서 침울한 표정으로 딴청을 부렸다.

지혜나무가 말을 이었다.

"우리는, 아니 모든 생명은 저마다 존재 의미를 갖고 있어. 그래서 모두가 소중하지."

"……설령 존재할 이유가 있다 해도, 매일 매일이 힘든 건 부정할 수 없어요."

그의 투정에도 아랑곳하지 않고 지혜나무는 웃으며 얘기를 이어갔다.

"그것은 네가 어떤 마음으로 보느냐에 따라 달라질 수 있단다. 똑같은 초록빛깔 나무인데 캄캄한 밤에 보면 검은색으로 보이지? 햇살이 환한 대낮에는 눈부신 은빛을 띠기도 하고."

"그건……."

"어떤 나무는 존재 의미를 찾지 못하고 두려움에 쫓기지만, 어떤 나무는 자신이 존재할 이유가 있을 거라 여기며 의미를 찾아가지. 아니 스스로 의미를 부여하는 거야."

"의미를 부여한다고요?"

하늘나무가 영문을 모르겠다는 표정으로 따지듯 물었다.

"내가 의미를 만들어야 한다는 뜻인가요? 왜 그런 거죠?"

"그야 물론 행복한 삶을 위해서지. 아무렴!"

지혜나무의 단호한 말에 하늘나무가 흠칫했다.

'행복한 삶을 위해서라니. 대체 무슨 말인지 이해할 수가 없어.'

하늘나무가 답답한 듯 한숨을 내쉬었다. 지혜나무 역시 조금은 답답해 보였으나 인내심을 갖고 기다렸다. 그러나 둘 사이의 침묵은 꽤 오래갔다. 하늘나무는 더 이상 묻지 않았고, 지혜나무 역시 선뜻 말해주지 않았다.

그렇게 보름 가까운 시간이 지나고 나서야 하늘나무가 먼저 말문을 열었다. 그는 삶의 의미가 궁금했고, 한편으로 자신이 존재하는 이유를 찾고 싶었다. 만일 그것을 알게 된다면 삶이 따분하지 않을 거라는 생각이 들었기 때문이다.

어느 날 하늘나무는 지혜나무에게 먼저 말을 건넸다.

“내가 존재하는 이유가 궁금해졌어요. 지난번에 그러셨죠? 나 스스로 존재 의미를 부여하는 거라고… 존재 의미가 없으면 사는 게 두려운 거라고 했어요.”

“그래, 잘 기억하고 있구나.”

“그런데 모든 생명이 존재 의미가 있다면, 그 의미는 처음부터 정해진 건가요? 아니면…….”

“삶의 의미가 꼭 이것이다, 정해진 건 아니란다. 우리는 종종 삶의 해답을 갈망하게 되지. 뭐든지 분명하게 답이 정해져 있기를 바라기도 해. 그런데 실은 잘 알 수가 없어. 아니 어쩌면 삶이 끝나는 날까지 알 수 없는지도 몰라.”

“그래서 답답해요. 그러니까 무의미하다고 여기는 거죠.”

하늘나무가 무의미라는 단어를 강조했다. 마치 그게 진실인 것처럼. 그러나 지혜나무는 그의 반박에도 개의치 않고 담담하게 말을 이어갔다.

"한 가지 분명한 게 있지. 가령 누군가 삶이 따분하고 무의미하다고 여긴다면 그런 삶을 살아가게 된다는 거야."

"……."

"그것은 스스로 그렇게 선택한다는 거지. 삶이 이러이러하다고 단정 짓고 말이다. 그러고는 그런 삶을 살아가는데, 문제는 그런 삶이 별로 행복하지는 않아."

"하지만…"

"반면에 누군가는 삶의 의미를 긍정적으로 찾아가지. 분명히 존재 이유가 있을 거라고 여기며 말이다. 즉, 스스로 삶의 의미를 부여하는 거야. 삶이란 뭔가 좋은 의미가 있을 거라고 여기는 거지."

"…?"

"흥미로운 점은 내가 의미를 부여한 대로 살아가게 된다는 것이고, 그 방향을 선택하는 건 각자의 몫이라는 거야."

'각자의 몫…'

지혜나무는 친절하면서도 단호하게 말했다. 그것은 어느 정도 하늘나무 마음을 움직였으나, 그다지 깊은 뜻으로 다가오지는 않았다.

하늘나무가 말했다.

"글쎄요. 아직은 잘 모르겠어요. 아무것도 잡히지 않아요. 내가 원하는 삶이… 내가 어떻게 살고 싶은지 모르겠어요. 내가 원하는 쪽이 어느 방향인지 안 보이니까요."

"좀 더 깊이 사유하는 시간을 가져 보렴. 삶에서 정말 중요한 주제이니까."

"……."

"네가 의미를 부여하고 선택하는 대로 삶이 흘러갈 거야."

"그렇겠죠."

지혜나무가 좀 더 확신에 찬 모습으로 말했다.

"우리가 얼핏 보면 같은 세상 속에 있는 듯하지만, 실은 서로 다른 세계에 있기도 하단다. 각자의 선택에 따라 희망의 세계와 두려움의 세계가 갈리게 되니까."

"…?"

"참 오묘한 세상이지. 오묘하고 경이로운 게 세상이야. 암, 그렇고말고."

지혜나무는 그렇게 알쏭달쏭한 말을 던진 채 침묵했다.

끝내 시원한 답은 없었다. 그것은 아마 하늘나무가 스스로 찾아가기를 바랐을지 모를 일이었다. 다행히 하늘나무는 삶의 의미를 찾으려고 애썼다. 물론 그 과정이 쉽지는 않았다. 걸핏하면 두려움에 빠지고 절망 속에서 허우적거리느라 정신이 없었으니까.

한참이나 회상에 잠겨 있던 하늘나무가 애틋한 눈길로 파랑새나무를 바라본다.

'젊어서는 좋은 얘기가 잘 들어오지 않아. 스스로 겪어가며 알아차리게 되는 거지.'

그는 자신이 그랬던 것처럼 파랑새나무도 성장통을 겪는 거라고 생각한다. 아프지만 치러야 하는 의식과도 같은 것이다.

하늘나무는 시인을 기다렸다. 시인이 오면 부탁할 일이 있어서, 시인에게 마음의 파동을 보내고 있었다.

삶, 끌어안다

사랑숲은 조금씩 기력을 회복하며 하루가 다르게 생명들이 되살아났다. 강물처럼 범람하던 계곡이 원래 물길을 따라 흐르게 되었고, 나무들도 상한 잎을 떼어내고 가지를 정리했다. 흙물이 잔뜩 밴 잡풀과 쓰러진 들꽃들이 몸을 일으키고, 집 잃은 새들이 다시 집짓기를 시작하고 있었다.

하늘나무는 더 이상 서 있기 힘들었으나 그래도 꿋꿋하게 버티는 중이었다. 사랑숲의 나무들은 그가 이곳을 떠나려 한다는 걸 알고 있었다. 그건 한편으로 아쉬운 일이지만 슬퍼하지는 않았다.

며칠이 지나고 마침내 시인이 찾아왔다. 바람이 간간이 부는 약간 후텁지근한 오후였다. 시인은 챙이 넓은 푸른색 모자를 쓰고 바쁜 걸음으로 산기슭을 올라오고 있었다.

상처 입은 나무들이 그녀를 맞이하며 반갑게 인사한다. 모두 지치긴 했지만 그래도 굳건히 서서 그녀를 맞이한다.

"아, 미안해! 내가 너무 오랜만에 왔구나."

이마에 송골송골 맺힌 땀을 훔치며 그녀가 숨을 고른다.

시인의 눈길이 이내 하늘나무로 향한다.

"아니, 이럴 수가! 지난밤 꿈에 네가 보이더니… 이 지경이 돼 있었구나."

사랑숲 나무들이 애써 안타까운 표정을 숨기고 있다.

커다란 바위에 짓눌린 하늘나무를 보며 시인이 탄식을 한다. 그녀는 금세라도 울어버릴 것처럼 눈물이 그렁그렁하다.

"어쩌다 이런 일이… 내가 진작에 왔어야 하는데."

시인의 마음이 급해진다. 위태롭게 서 있는 하늘나무가 안타깝기만 하다.

하늘나무는 마지막 남은 두어 가닥의 뿌리로 바위를 감싼 채, 파랑새나무 쪽으로 쓰러지지 않으려고 애쓰고 있다. 시인은 그런 하늘나무 마음을 알기에 더욱 안쓰럽기만 하다.

'아직은 버틸만해요. 하지만 더 늦추기는…'

"그래, 내가 도와줄게. 조금만 더 버티렴."

시인이 하늘나무와 마음으로 깊이 교감한다. 그것은 서로에 대한 존중과 위로가 담긴 마음이다. 시인의 언어가 하늘나무에게 전해지고, 하늘나무의 마음 언어가 시인에게 전해진다. 말 없는 말로 전해지는 사랑, 깊은 사랑이다.

시인이 하늘나무 곁에 주저앉으며 말을 이어간다.

"나도 비바람 몰아치는 밤이 두려웠단다. 정말 대단한 폭풍우였지."

'…….'

"계곡이 범람해서 저 아래 다리까지 물에 잠기는 바람에 여기 올 수가 없었어."

'그럴 거라고 짐작했어요.'

하늘나무가 고개를 끄덕이며 시인을 위로한다.

"마을이 온통 물바다가 되어 소들이며 자동차가 떠내려가고 사람들이 실종되곤 했어. 이곳에 있는 너희들이 궁금했지만 어쩔 도리가 없더구나."

'네, 모두들 잘 견뎌냈답니다. 그리고 한결 성숙해졌으니 다행이지요. 저마다 삶의 의미를 생각하는 시간이기도 했고요.'

"아무렴, 그랬을 거야. 우리는 모두… 그래서 위대하기도 하지."

시인의 말에 힘을 얻은 듯 하늘나무가 천천히 그러나 의미심장하게 이야기한다.

'어쩌면 여기서의 내 역할은 끝나겠지만… 자랑스러운 삶이죠?'

"물론이야. 자랑스럽고 멋진 삶이지."

'고마워요.'

하늘나무의 큰 잎들이 파르르 떨린다. 시인이 하늘나무를 위해 마지막 인사인 듯 시를 낭송한다. 시인의 눈가가 촉촉해진다.

밤, 폭풍우

그래야만
했다.
그리
하고 싶었다.

사람으로 태어나서
사람으로 태어나서

진실하기를
진솔하기를

진심으로
나의 삶을
사랑하기를

사람이기에
그리
하고 싶었다.

새벽 2시
밤 비 내리는
소리

바람 휘몰아치는
소리…

그리하고 싶었다.
그리해야만
했다.

모든 생명이
사랑이기에
그에 눈뜨고 싶었다.

시인이 혼잣말처럼 중얼거린다.

“깊은 밤에 세찬 빗소리를 들으며 두려움을 느꼈지.”

‘나도 그랬답니다.’

“번갯불이 칼날처럼 꽂히고 천둥소리가 요란할 때 무섭기도 했어. 마치 세상이 끝나는 자리에 홀로 서 있는 것처럼 두렵고 무서웠지.”

‘…….’

“그런데 한편으로 너무나 생생한 현실이 살아있음을 증명하는 거 같더구나. 살아있다고, 내가 지금 살아있다고… 그러니 힘차게 살아야 하지 않겠냐고 소리치는 느낌이었어.”

‘그랬군요.’

"우리 모두 그랬을 거야. 살아있기에 두려움을 느끼지만, 그 두려움을 극복하며 승화된다는 생각이 들어. 그래서 존재하는 모든 것들이…사나운 비바람조차 사랑이라는 느낌이었지. 존재하는 모든 것이 사랑인 거야. 어쩌면 이 우주가 온통 사랑인지도 몰라."

하늘나무는 시인의 얘기를 들으며 우주에 대해 상상해본다. 그는 끝없는 우주가 상상하기 어렵지만 시인의 말대로 사랑이라고 생각했다.

사나운 비바람조차 사랑인 거다.

그건 달리 말하면 지독한 역경도 사랑이라는 의미다.

아주 넓은 우주에서 본다면.

아주 긴 시간 속에서 본다면.

그리고 이별

시인이 다음 날 다시 오기로 약속하고 떠나자, 사랑숲 나무들이 하늘나무와 작별 인사를 나누었다. 어린 나무들은 더러 영문을 몰라 슬퍼했지만, 오래된 나무들은 의연한 마음으로 받아들이고 있었다.

그리고 깊은 밤,
풀벌레 소리가 간간이 들려올 때
하늘나무가 나지막이 파랑새나무를 부른다.

"파랑새나무야, 잘 들으렴. 이제 우리는… 넌 이제 내가 없어도 잘 자라게 될 거야. 이번 계절을 용케 넘겼으니 말이다."

"……."

"먼 훗날 너도 지혜나무님처럼 근사한 모습이 될 게다."

"그럴까요… 그럴 수 있을까요."

"물론이지. 그러나 그 여정이 순탄치만은 않을 거야. 살아가다 보면 어려운 일이 생기고 두려움이 엄습할 때도 있으니까."

"……."

"그럴 때 두려움에 굴복하지 말고 마음 안에 희망을 펴 올리렴."

"희망이요?"

파랑새나무가 되묻는다.

"희망이란 저절로 생기지 않아. 몹시 힘들어서 무너질 때 희망은 없는 것 같으니까. 한데 역설적으로, 희망은 절망에 갇혀 있을 때 만들어야 하지. 힘들고 두려울 때, 더 이상 앞으로 나아갈 수 없다는 생각이 들 때 희망을 만들어야 해."

그의 말에 파랑새나무는 말이 없다. 그러고는 긍정도 부정도 아닌 표정으로 생각에 잠긴다. 하늘나무 역시 말없이 눈을 감고 있다.

파랑새나무는 이 밤이 하늘나무와 지내는 마지막 밤이라는 걸 안다. 어쩌면 영영 다시 만나지 못할 수도 있다. 그래서 무슨 말이든 해야겠다 고 생각한다. 하지만 미안하다는 말도 고맙다는 말도 나오지 않는다.

파랑새나무가 울음 섞인 목소리로 하늘나무에게 묻는다.

"그런데 어째서 살아야 하는 걸까요. 왜 내가 이렇게 존재할까요. 사실 잘 모르겠어요. 때로는 가슴이 설레고 때로 두렵고…"

"그래, 알 수가 없지. 실은 나도 그렇단다."

하늘나무 역시 목이 메어 침묵하다가 다시 말을 이어간다.

"이 세계를 이해하기란 쉽지 않아. 끝이 없는 우주라던데."

하늘나무가 허공을 바라보며 생각에 잠긴다.

'이 속에서 존재하는 이유가 무얼까.'

하늘나무는 자신이 살아온 생애를 뒤돌아본다. 아주 많은 일이 있었고, 고단한 순간도 많았다. 그러나 그 여정의 의미는, 삶의 깊은 뜻은 또 다른 것이기도 했다. 그것은 단지 두렵다거나 힘들다는 것으로만 치부하기엔 심오한 뜻이 있어 보였다.

"아주 오래된 전설을 들어보렴."

하늘나무는 젊은 시절 지혜나무로부터 들었던 전설을 나지막이 들려준다. 어쩌면 마지막으로 들려주는 얘기일 수도 있다.

"옛날이야기군요."

파랑새나무가 조용히 그의 말에 귀를 기울인다.

"그래, 이 얘기는 태초에 일어난 일이란다. 아니 태초 이전이라 할 수 있을 거야. 나도 잘 모르지만 태초 이전에 어떤 일이 있었다고 해."

"태초 이전에…"

"이 우주가 탄생하기 전이라고 상상해보렴. 그러니까 아주 오랜 옛날에 늘 평화롭기만 하던 하늘 세계가 있었단다."

"……."

파랑새나무가 숨죽이며 듣고 있다.

"그 세계는 순수한 영혼들의 세계였어. 어떤 욕심이나 갈망도 없는… 때 묻지 않은 순수한 존재들의 세계였지. 더 놀라운 것은 그들에게 아무런 부족함이 없었다는 거야."

파랑새나무가 고개를 갸웃한다. 그러나 사뭇 진지한 표정이다.

"그도 그럴 것이 원하는 건 뭐든지 상상하는 대로 눈앞에 펼쳐지고, 생각만 하면 모든 게 단숨에 이루어지는 세계였다고 해. 예를 들어 누가 100층 높이의 건물을 상상하면 바로 눈앞에 '짠!' 하고 멋진 건물이 등장하는 거야. 어디 그뿐인가. 온갖 맛있는 음식을 상상하면 순식간에 만찬이 차려지고, 멋진 풍경, 화려한 보물, 아름다운 외모… 뭐든지 단박에 이루어지는 세계였어. 정말 신나는 곳이지! 또한 상상만 하면 나무가 되고 사슴이 되고 풍뎅이가 되기도 하고… 어떤 변신도 가능했다는 거야. 그러니 날마다 재미있고 행복했겠지. 별다른 노력 없이도 쉽게 살아갈 수 있었으니까. 아주 쉽고 편하게, 어떤 어려움도 없이 만족스런 세월을 살아갔다.

그런데 어느 날부터 인가 심각한 일이 벌어졌다고 해. 글쎄, 심각하다기보다 뭔가 변화가 필요하다는 갈망이 생긴 거지. 왜냐하면 모든 영혼들이 편안하게 지내고 있었지만, 오히려 너무 편하고 쉽게 이루어지니 무기력해지고 말았던 거야.

참 어처구니없는 노릇이지 뭐냐. 모든 게 완벽하고, 모든 게 이루어지는데 무기력해지다니… 아무튼 그래서 순수한 영혼들은 고민하게 되었지. 그들은 더 이상 이런 식으로 존재하는 게 의미 없다고 생각했던 거야.

그러니까 마음이 편한 것도 하루 이틀이지, 날마다 아무 일도 생기지 않으니 무료했던 거야. 힘든 일은 물론이고, 스스로 풀어야 할 과제가 없으니 싱겁다고 해야 하나…? 그냥 무료하고 무기력한 상태가 된 거지.

해서 그들은 고심 끝에 모두 모여서 의견을 내놓기로 했어. 과연 어떻게 존재하는 게 바람직한지 얘기하게 된 거야. 아주 긴 시간을 토론하고 고뇌했지. 당장에 좋은 결과가 나오지 않았으나 끈질기게 토론하며 모색해 갔어. 모든 영혼들이 서로의 의견을 존중하면서.

그렇게… 시간이 흐르고… 또 시간이 흐르면서…
마침내 충분한 고뇌 끝에 내린 결론은 이랬다."

파랑새나무는 갑자기 눈물이 흐르는 자신이 이상하다고 생각한다. '왜 하늘나무님의 전설 이야기를 듣는데 눈물이 나는 걸까. 대체 이 감동의 이유는 뭐지?' 파랑새나무는 흐르는 눈물을 몰래 훔치며 태연한 척 전설을 듣는다. 눈물이 흐르는데 묘하게 마음은 따스하다.

하늘나무가 담담하게 말을 이어간다.

"태초에, 아니 태초 이전에 내린 결론은 이거였어. 즉, 앞으로 영혼을 가진 모든 생명은 저마다 자기 삶을 창조하기로 하고, 기꺼이 노력해서 어떤 결과를 얻도록 한 거야. 이것은 매우 획기적인 결과물이었어. 모든 존재가 자기 삶을 창조한다는 것! 이 얼마나 근사한 발상인가!

그러니까 이때까지 편하게 상상만 하던 것에서 벗어나, 스스로 노력하고 시도하는 과정을 설계한 거야. 음, 얼핏 생각하면 힘들어 보이지만, 스스로 삶을 만들어가며 노력해서 얻는다는 게 뿌듯하게 느껴진 거지.

뭐랄까, 별다른 노력 없이 쉽게 이루어지던 것과 달리, 때로 난관을 극복하면서 감동이 있는 삶? 스스로 감동하게 되는 삶! 그런 역동적이고 모험적인 삶의 여정이 구상된 거야.

해서 그것을 구현할 세상을 만들게 되었고, 그 세상이 바로 지금 우리가 살고 있는 이곳이란다. 그러니까 이 세상에 존재하는 생명들은 모두 하늘세계에서 온 순수한 영혼들이라는 거지. 모든 생명에 순수한 영혼이 깃들어 있는 거야. 비록 모습은 다르지만 하늘세계의 영혼이 담겨서 나무가 되기도 하고, 독수리나 할미꽃, 진달래, 달팽이 모두 그렇게… 순수한 영혼들이 살아가며 자기 삶을 창조하게 된 거야. 그래서 모두가 소중한 생명이고 아름다운 거야. 암, 그렇고말고!"

파랑새나무가 힘차게 말하는 하늘나무를 올려다본다. 작은 미소를 머금은 모습으로. 그리고 그는 생각에 잠긴다.

'어쩌면 그 전설이 맞는지 몰라. 나도 그렇게 느낀 적이 있거든. 내 마음 깊은 곳에서 자꾸 무언가 시도하며 솟아오르고 싶어하니까… 하늘나무님 말대로 우리 모두 떠나면 하늘세계 어디에선 가 이곳으로 여행을 온 모양이야. 그래서 신나게 모험도 하면서, 태초 이전에 꿈꾸던 것을 시도해 보는 거지. 아마도 그런 게 아닐까? 그래, 그럴듯해! 그게 사실일 수 있어.'

파랑새나무가 하늘을 바라본다.
무수히 많은 별들이 거기 있다.
밤이 반짝인다.

하늘나무와 파랑새나무는 새벽이 올 때까지
태초 이전의 전설을 생각하며
조용히 이별의 의식을 치렀다.

수많은 감정들이
미래에 대한 두려움이
삶에 대한 의문이 일어났지만
스며드는 새벽빛에
슬프면서도 아릿한 희망이
그들의 마음속에 차올랐다.

만나면 헤어지고
헤어지면 또 언젠가
만나기도 하고

다만 푸르른 가슴으로
서로의 가슴에 파묻히기를!

그리운 날들아

신선한 아침이 밝아오고
태양이 조금씩 산 위로 솟아오르자
사랑숲은 비단 자락을 휘감은 것처럼
은은히 빛나며 화사한 모습을 드러냈다.

간밤에 나무들은 부쩍 큰 듯했고 들장미 꽃도 계곡을 따라 피어났다. 숲은 활기가 가득하고 새들의 재재거림으로 소란스러울 지경이었다. 한동안 소식이 뜸했던 새들이 가족을 이루고 새끼를 낳아서 이곳으로 날아들고 있었다.

하늘나무는 고통 속에서도 마음을 다잡으려 애쓰고 있다.

'삶이란 돌고 돌며 변화하는 거지. 그걸 받아들일 수 있어야 해. 비록 두려움이 일어도…'

그는 예전에 지혜나무가 떠나던 날을 회상해본다. 지혜나무는 죽음이 또 다른 시작이라고 했다.

"죽음이란 삶이 아주 끝나는 게 아니란다. 그건 다만 겉모습이 바뀌는 것일 뿐, 또 다른 시작을 의미하지. 나 역시 이제 새로운 여행을 하게 될 거야. 어쩌면 사람들이 나를 데려가서 집을 짓거나 의자를 만들겠지. 그러면 나는 또 다른 모습으로 탄생하는 거란다. 새들도 고양이도 그래. 생명을 다하고 흙으로 돌아가면 다시 사과나무가 되고 할미꽃이 되기도 하지."

지혜나무는 자신이 떠나야 할 때를 알고 있었고, 자기 삶을 사랑하는 법을 터득하고 있었다. 그뿐 아니라 모든 생명이 하나로 이어져서 끝없이 탄생하고 변화해감을 깨달았던 것이다.

아침 햇살이 곱게 퍼져 나갈 때 사람들이 나타났다. 시인과 함께 숲을 찾은 사람들이었다. 그들은 커다란 톱이며 밧줄, 긴 쇠막대기 등을 가지고 하늘나무에게 다가갔다.

하늘나무는 서둘러 숲속 친구들에게 작별의 인사를 했다. 그의 사랑이 마지막으로 파동 치며 널리 전해지고 있었다.

나무들은 자신들의 마음이 함께 공명하고 있음을 느꼈다. 그것은 두려움을 넘기 위해 용기를 일으키는 존재들만이 느끼는 사랑이기도 했다.

일꾼들이 조심스레 하늘나무를 밧줄로 묶고, 뿌리와 얽혀 있는 바위를 떼어냈다. 시인은 바위가 파랑새 나무에게 구르지 않도록 당부했다.

햇살이 더욱 눈부시게 퍼지고, 다람쥐들은 이리저리 바쁘게 돌아다녔다. 요란한 소리를 내며 한창 작업이 이루어지는 광경을 파랑새나무가 숨죽이며 보고 있었다.

'다… 괜찮아.'

그는 생각했다.

'모든 것은 항상 변해가는 거니까.'

그리고 하늘나무는 트럭에 실리기 편하도록 톱질이 되었다.

시인의 이마에 땀이 맺히고 인부들도 땀에 흠뻑 젖었다. 그들은 상쾌한 공기를 마시며 열심히 작업을 했다. 하늘나무와 함께 폭풍우에 쓰러진 몇 그루 나무가 트럭으로 운반되었다. 요란한 톱 소리와 사람들 외치는 소리, 나무 끌리는 소리가 한동안 숲을 채웠다.

그리고 햇살이 좀 더 강렬하게 퍼져 나갈 때, 모든 일이 잘 끝나게 되었다. 숲은 말끔해졌으며, 하늘나무가 있던 자리에는 푸른 이끼만이 여기저기 흩어져 있었다.

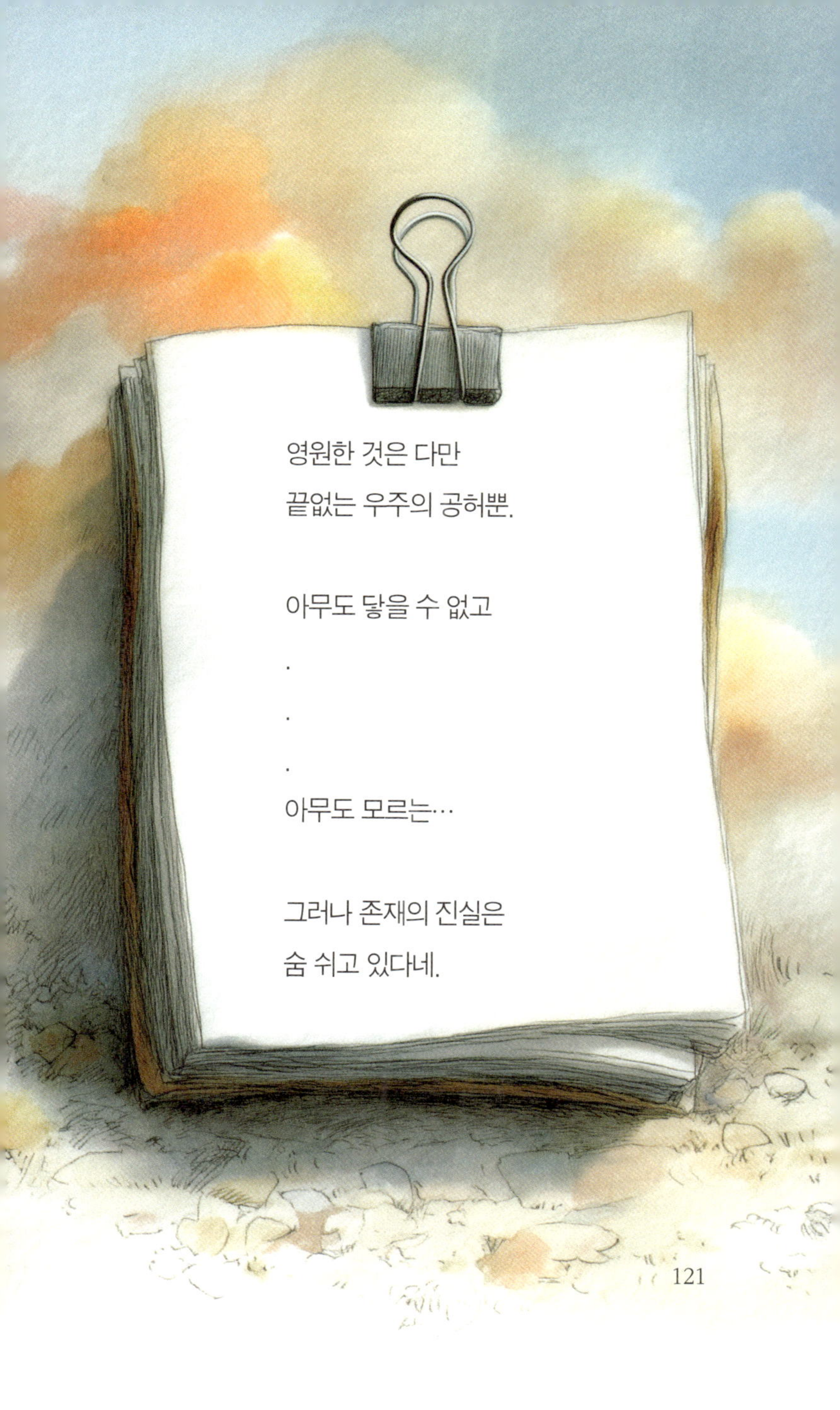

영원한 것은 다만
끝없는 우주의 공허뿐.

아무도 닿을 수 없고
.
.
.
아무도 모르는…

그러나 존재의 진실은
숨 쉬고 있다네.

모든 것이 변해가는

그 후로
시간이 흐르고
계절이 바뀌고
파랑새나무가 더욱 커져갔다.
다른 나무들도.

모든 게 조금씩 변하기도 하면서

무수한 생명이 새로 태어나고
스러지고.
삶이란 많은 것을 배우는 시간이기도 하고
더욱 아름다워지는 과정이기도 했다.

그리고
해가 바뀌고
어느 화창한 봄날이었다.

오월 어느 날
온 대지가 강한 생명력으로 터질 듯
희망으로 한껏 부풀어 오른
어느 날이었다.

시인의 노랫소리가 저만치서 들리자 사랑숲은 설렘으로 웅성거렸다. 왠지 모르게 유쾌한 기분이 드는 바람에, 나무들이 고개를 빼어 들고 시인을 기다렸다.

시인의 콧노래가 점점 가까워지고 있었다. 시인의 손에 들려 있는 자그마한 나무의자도 보였다.

파랑새나무는 시인이 다가오자 그만 기뻐서 웃고 말았다. 그가 한동안 잊고 있었던 하늘나무 향기를 감지했던 것이다.

'아아~ 얼마나 오랜만인지!'

시인이 예쁜 의자를 파랑새나무 아래에 내려놓았다. 하늘나무의 그윽한 향기가 파랑새나무 가까이에 머물렀다. 그들은 다시 기쁘게 만났다. 예전과는 다른 모습이지만.

사랑숲의 나무들이 이파리를 흔들며 인사를 건넨다.

바람이 상쾌하게 숲을 달리고 새들이 푸른 하늘로 날아올랐다. 묵은 낙엽을 헤치고 올봄에 솟아난 어린 나무들이 더욱 힘차게 고개를 빼어 들었다.

줄지어 움직이는 개미들과
한껏 피어난 민들레와 할미꽃
노랑나비
경쾌한 새소리가 가득한 곳
햇살은 더없이 투명하게 대지를 어루만지고…

나무들은 시인의 시 낭송을 들으며 행복한 한낮을 만끽하고 있다.

은발

나이
백 살이 되어

우리 어쩌면
눈부시게 화사할 거예요.

어느 봄날
싱그런 호수 위로
종달새가 날아오르고
붓꽃 한 다발 피어났을 때

그런 날처럼…

나이 백 살에
은발은 눈부시게
바람에 날리고

어느새 꿈꾸듯
나이가 들어…!

꿈꾸듯 나이가 들어
먼 어느 날
이 순간을 회상하리라고

꿈꾸듯 그렇게
죽는 순간까지
아니 죽음조차 승화되도록.

그리고… 그리고 아직 끝나지 않은 사랑이… 서로에 대한 깊은 사랑이…

파랑새나무가 성숙해지는 만큼 시인이 늙어가고 있었다.

언제나 그렇듯이

모든 것은 변해가기 마련이기에.

사랑숲 나무들은 이따금 시인이 찾아와서 들려준 얘기를 잊지 않았다. 시인은 이 세상이 기나긴 여행을 하고 있다고 했다. 이 세상, 이 너른 우주가 춤을 추며 여행하고 있다고. 나무들은 우주가 춤추고 있다는 게 실감 나지 않았으나 시인의 말을 믿었다.

어쩌면 그럴지도 모를 일이었기에.
밤하늘에 빛나는 별들도
태양도
춤을 추고 있으리라.
나무들이 바람을 맞아 춤을 추는 것처럼.
나비와 새들이 춤추듯 날아다니는 것처럼.
모든 생명들이 기꺼이… 축제처럼.

그리고 또 아주 많은 시간이 흐르고 흐른 뒤에
시인이 더 이상 오지 않게 된 날들 속에서도
그들은 잊지 않았다.
서로를.
서로에 대한 사랑을.

어느 깊은 겨울날,
함박눈이 쉼 없이 내리는 한밤에
나무들은 오래전 시인이 남기고 간
시 하나를 음미하고 있다.

해후

깊은 밤
소복소복
쌓이는 눈

무엇이 그리워서
설레는 마음으로

소복소복
내려 앉을까

온 세상이 하얗게
하얗게
꿈 속인 듯 황홀한데

아무도 찾아오지 않는
적막한 밤에

세상이 점점
하얗게 지워지는데

내 가슴에 아직
지우지 못한
그대 맑은 눈망울

그대 아름다운 영혼이
저 눈밭에
춤추는 시간

나는 기다리지
아침이 밝을 때까지

그대 발자국
소리…

작가 후기

오랫동안 삶에 대해 생각하고 방황도 많이 했습니다. 그리고 우연한 기회에 훌륭한 선생님을 만나 명상과 마음경영 공부를 했습니다. 명상이나 마음에 대한 추구는 꼭 해야 하는 건 아닙니다. 그러나 삶에 대한 갈증이 있다면 권하고 싶습니다. 어쩌면 명상을 통해 삶에 눈뜨기도 하니까요. 물론 품격 있는 명상 프로그램을 선택할 필요는 있습니다. 명상과 마음경영, 그리고 진리에 대한 추구는 내 삶을 풍요롭게 만드는 원동력이 되었습니다.

나는 삶의 진실에 대해 갈증을 느꼈고, 우리가 흔히 얘기하는 하늘의 섭리(혹은 도리)에 대해 말하고 싶었습니다. 그러나 정신 없이 살아가는 현대인에게 그런 이야기는 왠지 동떨어진 느낌이 듭니다. 그래서 나무들의 이야기를 빌었지요. 나무들은 진실을 아니까요. 나무들은 자연과 우주의 진실을 압니다.

아무리 문명이 발전하고 세상이 화려해도, 하늘의 섭리는 언제나 우리 삶을 관통하고 있습니다. 가령

'사람은 누구나 태어나면 죽는다.'와 같은 섭리이죠. 누구도 피할 수 없는, 그러나 매혹적인 죽음을 곁에 두고 살아가야 하는 우리네 삶이지요. 삶이란 무상합니다. 늘 변해가는 게 세상입니다. 쉼 없이 변하고 사라지고 잊혀질 것입니다. 그래서 허무한가? 그 또한 아닙니다. 허무는 인간이 만든 단어일 뿐, 우리는 단지 '알 수 없을 뿐'이지요.

나는 내 몸 속을 달리고 있는 붉은 피를 생각해 봅니다. 마치 계곡을 건너고, 사막을 건너고, 강을 건너듯 그렇게, 꼬불꼬불한 혈관을 따라 밤낮으로 흐르고 있는 나의 피… 나의 생명, 나의 존재함. '살아있음'에 대해 최선을 다하라고 외치는 나의 붉은 피를 생각합니다. 살아 있음은 이렇듯 눈물겹고, 아름답고, 경이롭고… 때로 두렵기도 하지요.

나무들의 사랑과 우정을 기억해 보세요. 당신께서 삶의 진실에 눈뜨기를 기원할 게요!

—2026년 봄을 기다리며

아주 작은
나무 이야기

이수 지음

발행처 도서출판 청어
발행인 이영철
영업 이동호
홍보 천성래
기획 육재섭
편집 이설빈
디자인 이수빈 | 구유림
인쇄 정우인쇄

등록 1999년 5월 3일
(제321-3210000251001999000063호)

1판 1쇄 발행 2026년 1월 5일

주소 서울특별시 서초구 남부순환로 364길 8-15 동일빌딩 2층
대표전화 02-586-0477
팩시밀리 0303-0942-0478
홈페이지 www.chungeobook.com
E-mail ppi20@hanmail.net

ISBN 979-11-6855-419-1(03810)